Sender Jerewan antwortet

Witze in der Sowjetunion 1960 - 1990

Herausgegeben
von Alexander
Mostowschtschikow
mit Collagen
von Andreas Prüstel

Sender Jerewan antwortet

Witze in der Sowjetunion 1960 - 1990

Dietz Verlag Berlin

Aus dem Russischen übersetzt
von Jürgen Hiller

Sender Jerewan antwortet: Witze in der Sowjetunion
1960 - 1990 / Hrsg. von Alexander
Mostowschtschikow. - Berlin: Dietz Verl. GmbH,
1995 - 112 S.
13 Collagen von Andreas Prüstel

ISBN 3-320-01887-6

Mit 13 Collagen von Andreas Prüstel

Einbandillustration: Andreas Prüstel
Gestaltung: Brigitte Bachmann
Printed in Germany
Satz: dietz berlin
Druck und Bindearbeit:
Druck- und Verlagsanstalt Wiener Verlag GmbH

Inhalt

Vorbemerkung	7
Sowjetische Alltagswitze	15
Internationale Witze	59
Anfrage an den Sender Jerewan	73
Tschuktschenwitze	85

Vorbemerkung

Sich über Marx lustig zu machen und die Vergangenheit hinter sich zu lassen ist so kompliziert nicht. Das Sowjetland der sechziger Jahre trug leicht verwirrt, aber doch frohen Herzens sein bisheriges tristes Leben zu Grabe, lachte schallend über die eigene Gegenwart und verabschiedete sich von der Zukunft mit einem stillen Lächeln, ohne ihr in irgendeiner Weise nachzutrauern.
Als der Held einer meiner Lieblingswitze kurz vor der Hochzeit von seiner Braut erfährt, daß sie sich auf der linken und rechten Brust die Gesichter ihrer verflossenen Geliebten hat eintätowieren lassen, beginnt er zu wiehern. „Liebling“, erregt sich die potentielle Angetraute, „du wirst doch deshalb nicht gleich den Verstand verlie-

ren." „Keineswegs", entgegnet der Bräutigam und kann sich vor Lachen kaum halten, „ich habe mir lediglich vorgestellt, was sie in zwanzig Jahren für lange Gesichter machen werden." Scharfsinnig, der Mann! Mit einem gewissen Sarkasmus verstand er es, den Blick voraus in eine möglicherweise wenig versprechende Zukunft zu schicken. Es war deshalb ein schiefes, verbissenes Lächeln, das um die Mundwinkel spielte.

In den sechziger Jahren hingegen war dieses Lächeln offen, unbekümmert und vorbehaltlos. In den überfüllten Wagen der Straßenbahnen, der Metro und der Vorortzüge, in den Küchen, wo seinerzeit getrunken und über Politik gestritten wurde, in den Ferienheimen und anderswo - überall begannen die Gespräche nach ähnlichem Muster: „Kennst du den, wo Breshnew..." oder „Hast du schon die neueste Anfrage an den Sender Jerewan gehört?" In den sechziger Jahren kamen gerade die „Jerewan-Witze" groß in Mode. Ich studierte damals an der Philosophischen Fakultät einer Universität, paukte die Einführung in die Literaturwissenschaft und rein vom Fach her interessierte mich die Frage: Weshalb eigentlich „Jerewan" und weshalb zusätzlich noch „Sender"? Und woher stammt die Form: Anfrage und

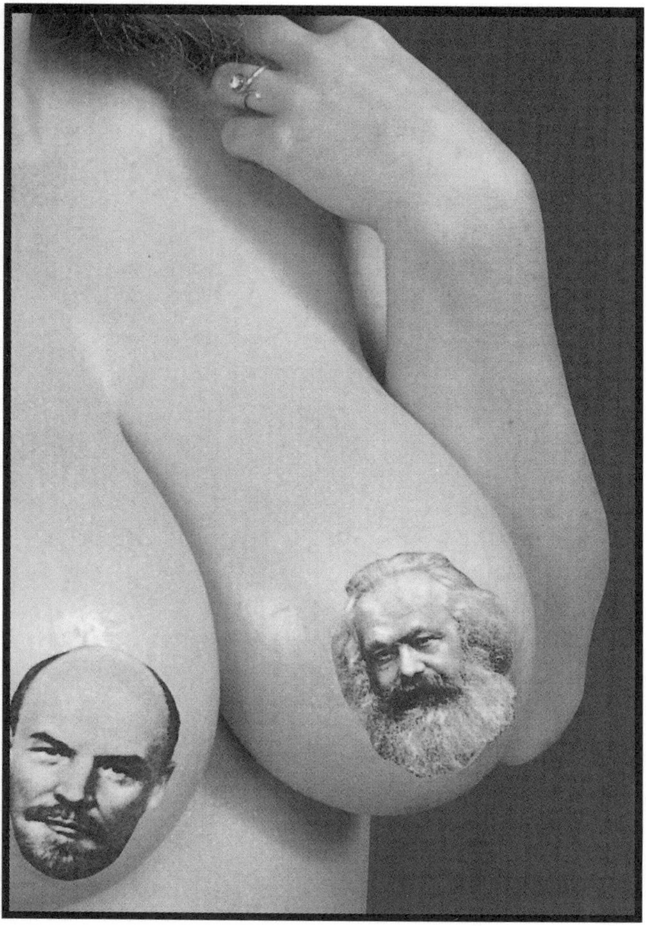

Antwort? Erst später dann, als ich etwas älter und reifer geworden war, verstand ich, daß die Russen - erwacht aus ihrem lethargischen Schlaf in der Stalin-Epoche - einfach lachen wollten, wie die Kinder, allerdings wie erwachsen gewordene Kinder. Es hat zwar auch vorher schon Anfragen an den Sender Jerewan gegeben, aber die waren bei weitem nicht so scharfsinnig und so bissig wie die späteren.
Witze haben wir genaugenommen auch schon lange vordem erzählt. Aber sie waren lang, inhaltsreich, patriotisch und langweilig. Hier ein Beispiel: Vor einem Lenin-Denkmal in Moskau fragt ein Amerikaner einen Russen, wen dieses Monument verkörpert. „Das ist unser großer Führer Wladimir Iljitsch Lenin, der Gründer der Sowjetunion, der Anfang der zwanziger Jahre gestorben ist", erklärt der Russe. „Oh ja", entgegnet darauf der Amerikaner, „auch wir in Amerika setzen unseren Toten ein Denkmal." - „Ich weiß", fällt ihm der andere ins Wort, „vor kurzem habe ich ein Foto von der Freiheitsstatue bei Ihnen gesehen."
In den sechziger bis in die achtziger Jahre hinein, als die Greise aus dem Kreml ihre sprachlich schwer verständlichen Reden hielten, blühten die politischen Witze geradezu auf. So entstand eine Galerie mit

den bunten Bildern der großen Führer aus Partei und Regierung eines großen, aber keineswegs glücklichen Volkes.
Als die Regale und Schaufenster leer wurden und in sterilem Weiß erstrahlten, öffnete das Volk voller Andacht die letzten Büchsen mit Sprotten in Tomatentunke und stellte sich selbst die Frage aus einem frisch gebackenen Witz: „Weshalb mischt man eigentlich Erbsen in den Brotteig?" - „Damit jeder mit Pauken und Trompeten in den Kommunismus marschieren kann."
Die Kienäpfel, die dem nicht verzagenden Volk aufs Haupt gestreut wurden, hinterließen nicht nur blaue Flecke, sie heizten auch das nichtoffizielle gesellschaftliche Denken an. Und so wurden die saftigen, bitteren, bissigen, feinsinnigen und nicht immer zartbesaiteten Witze zu einer Art Chronik unserer gegenwärtigen Epoche.
Als die Zensur versuchte, das Lachen mit den Mitteln des dosierten Aushungerns zu unterdrücken, schnappten wir gierig nach dem Hauch der „unpolitischen" Witze und sagten uns selbst: Eine Minute Fröhlichkeit ersetzt ein Kilo Mohrrüben. Und nach dem fünften Glas „Moskowskaja Osobaja" fand sich bestimmt stets einer, der den Prozeß des stillen Essens und Trinkens mit einem Witz unterbrach: „Ein Mann läßt sich auf dem Eis nieder, bohrt ein

Loch ins Eis, nimmt seine Angel und hört plötzlich in seinem Rücken eine Stimme: ‚Hier gibt es keine Fische!' Schnell verlegt er seinen Standort um runde hundert Meter und bohrt erneut im Eis. Aber diesen Prozeß unterbricht die Stimme in seinem Rücken: ‚Hier gibt es keine Fische!' Das wiederholt sich noch mehrere Male, und der Angler ist am Ende außer sich. ‚Wer bist du eigentlich?' fragt er den Mann in seinem Rücken. - ‚Ich bin der Direktor der Eisenbahn!'"
So entstanden Anthologien des Lachens in Konkurrenz zum offiziell geförderten und gewünschten, aber nicht immer der allgemeinen Erheiterung dienenden Bühnen- und Fernsehhumor.

Alexander Mostowschtschikow

Sowjetische Alltagswitze

Die Regierung in der Sowjetunion war in der Regel mies, und Witze darüber gab es zur Genüge. Aber die plätscherten so dahin. Dieses leise knisternde Feuer loderte nach dem Ableben des Führers aller Zeiten und Völker etwas auf, war aber nichts Hervorstechendes. Viel bedeutungsvoller erscheint, daß das Volk über sich selbst zu lachen begann. Und darin ist eines der wichtigsten Anzeichen für eine Gesundung des Landes zu sehen. Die trommelnden und schallenden patriotischen Witze der vierziger und des Anfangs der fünfziger Jahre, in denen der Russe unweigerlich stets klüger, stärker und erfolgreicher als die anderen war, wurden durch völlig neuartige abgelöst.

„Kennst du einen neuen Witz?“ fragt ein Freund den anderen. „Nein!“ antwortet der. „Und du?“ - „Auch nicht.“ - „Na ja, die Regierung!“

Es wurde ein internationaler Wettbewerb um das beste Buch über Elefanten ausgeschrieben. Die Franzosen gaben einen protzigen Band heraus - auf dem Ledereinband eine nackte Frau - „Der Elefant und die Amazone“. Die Amerikaner veröffentlichten ein Buch „Wie wird man am schnellsten Elefant?“ Die Deutschen legten zwei Prachtbände vor: „Einführung in die Elefantenkunde“. In der Sowjetunion erschienen vier Broschüren: „Die Klassiker des Marxismus-Leninismus über den Elefanten“, „Rußland - die wahre Heimat der Elefanten“, „Sowjetische Elefanten im Friedenskampf“ und „Der sowjetische Elefant - der fortschrittlichste in der Welt“.

Mao Tse-tung ruft bei Stalin an. „Du mußt mir helfen. Ich brauche eine Million Dollar, sonst geht es mit uns bergab.“ - „Aber natürlich, Genosse Mao“, antwortet der Generalissimus. Einige Zeit später erneut ein Anruf. Diesmal geht es um tausend Lokomotiven. „Wird geklärt!“ verspricht Stalin bereitwillig. Einen Monat danach erneut eine chinesische Bitte. Mao benötigt umgehend 500000 Tonnen Reis, um seine Versorgung zu stabilisieren. An dieser Stelle wird Stalin nachdenklich: „Ich muß das erst einmal prüfen. Mit den Dollars und den Lokomotiven - das ist schon irgendwie klar. Aber wo der Ulbricht den Reis hernehmen soll, das weiß ich beim besten Willen nicht!"

Während seines Besuchs in den USA warf man Chruschtschow vor, daß es in der UdSSR zu wenige Synagogen gäbe. Als er nach Moskau zurückgekehrt war, ordnet er an, eine prachtvolle Synagoge zu bauen. Man baute sie. - „Na und, hat man sie eingeweiht?" - „Nein, es war kein Rabbi zu finden, die einen waren parteilos und die anderen Juden."

„Wie lebt ihr hier so?" fragt Chruschtschow eine alte Bäuerin bei einem Besuch in einem ukrainischen Dorf. „Na ja, als seinerzeit die Roten kamen, wurde es schwer..." - „Na und dann?" - „Dann haben wir uns dran gewöhnt."

Breshnew hält auf der Plenartagung des Zentralkomitees eine Rede. Er liest einen langen Text vor und kommt dabei sogar ins Schwitzen. Kaum daß er die Rede beendet hat, stürmt er in sein Arbeitszimmer, wischt sich den Schweiß von der Stirn und ruft seinen Referenten zu sich: „Ich hatte dich gebeten, eine kurze Rede zu schreiben. Und was hast du gemacht?" - „Aber was kann ich denn dafür, wenn Sie gleich alle acht Kopien auch noch vorlesen?"

Breshnew hat einen schlimmen Traum: Auf dem Roten Platz kauert ein Tscheche und ißt Matze mit Stäbchen.

Breshnew und Ford treffen sich. „Weißt du schon, Leonid", berichtet Ford, „daß ich mit Vorliebe Witze über mich sammle. Ich habe bereits ein ganzes Album davon." - „Du, ich auch", erzählt Breshnew zustimmend, „ich habe davon mehrere Lager voll."

Breshnew verabschiedet sich auf dem Flughafen Wnukowo von Honecker. Er schaut lange auf die zurückrollende Gangway, dann winkt er andachtsvoll. „Hast du den wirklich so ins Herz geschlossen?" will Kossygin wissen. „Nicht unbedingt. Er ist ein saumäßiger Politiker, aber küssen kann er..."

Aus dem Protokoll der Miliz: In der Nagorny-Gasse wurde die Leiche eines jungen Mannes gefunden. Bei sich hatte er sein Partei-

HUCH!
Heinz
GORBI
...DAS WERK EINES FUTURISTISCHEN KÜNSTLERS, HOCHVERKEHRTER GENOSSE LEONID BRESCHNEW!

buch, sein Gewerkschaftsbuch und den Wehrdienstausweis. Andere Spuren von Gewalteinwendung wurden an der Leiche nicht festgestellt.

Ein höherer Mitarbeiter einer höheren Dienststelle fährt in eine Provinzstadt, um die Arbeit der örtlichen Behörden zu überprüfen. Er prüft. Beim freundschaftlichen Abschlußgespräch fragt er mit wackerer Stimme: „Nun, wie steht's mit Fleisch, gut?" - „Mit Fleisch - ist gut", antwortet man ihm. „Ohne Fleisch - ist schlecht."

Während einer Übung fragt ein Soldat seinen Feldwebel, einen Ukrainer: „Genosse Feldwebel, können Krokodile fliegen?" - „Aber Petrow, was ist dir denn eingefallen? Wie sollen denn Krokodile fliegen? Das sind doch große Eidechsen, die schwimmen im Wasser. Und du sagst, sie fliegen, du Trottel, begreife das." - „Aber der Genosse Major hat gesagt, sie können fliegen." - „Der Major, sagst du", der Feldwebel kratzt sich am Hinterkopf. „Na ja, vielleicht können sie auch fliegen. Aber - sehr tief, sehr, sehr tief."

Auf dem Friedhof findet eine Beerdigung statt. Die Verwandten und Freunde des Verstorbenen sprechen die Abschiedsworte. Die Trauerfeier neigt sich ihrem Ende zu, als am Grab ein, scheint es, verwirrter, verspäteter Trauergast auftaucht. Er läuft zum Sarg, den man bereits ins Grab hinabläßt, und legt eiligst eine weiß eingewickelte Packung auf den Sargdeckel. - „Was hast du ihm da hingelegt?“ fragt ein Freund. „Verstehst du, ich bin die ganze Stadt abgelaufen, nirgendwo habe ich Blumen bekommen. Da habe ich ihm einfach eine Tafel Schokolade gekauft.“

Dialog des Ersten Sekretärs des Kreiskomitees der Partei mit dem Vertreter der Kirche. Sekretär: „Gib mir Stühle, meine reichen für die Plenarsitzung nicht aus.“ - „Gib mir erst mal die Gläser zurück, die du vor einem Monat geborgt hast.“ - „Ach so ist das! Dann lasse ich die Pioniere nicht mehr im Kirchenchor singen.“ - „Dann kriegst du keine Nonnen mehr in deine Sauna.“ - „Auch gut! Dann wirst du aus der Partei ausgeschlossen!“ - „Untersteh dich! Dann entlasse ich dich von der Halbtagsstelle als Kantor.“

Über das Wetter: Wenn im Radio Trauermusik gespielt wird, ist im Kreml minus eins.

Was haben ein Minister und eine Fliege gemeinsam? - Man kann sie mit der Zeitung erschlagen.

Die Sowjetunion hat ein einseitiges Moratorium zur Explosion von Kernkraftwerken verkündet.

„Ich bin ein kleines rundes Bauernbrot, ich bin ein Igel aus Tschernobyl.“

Neue Weinsorte: „Tschernobyler Strahler.“

„Was ist das? Klein, schwarz und schläft ständig?“ - „Das Gewissen der Partei.“

Am Lenin-Mausoleum weint ein Mann. - „Was grämt dich so?“ - „Besser wäre, er würde noch leben, und sein Werk wäre schon lange tot.“

Losung: Es lebe die armenisch-aserbaidshanische Freundschaft! Feuer!“

Was ist die größte Tragödie des 20. Jahrhunderts - daß die „Titanic“ gesunken ist und nicht die „Aurora“.

Was braucht man, um aus der Partei austreten zu können? - Bürgschaften von drei Parteilosen.

Warum wird keine Säuberung der Partei durchgeführt? - Damit die Reihen der Parteilosen nicht versaut werden.

Die Tagesordnung des XXVI. Parteitages der KPdSU wird bekanntgegeben. Sie lautet folgendermaßen:

1. Hereintragen des Präsidiums;
2. Einschalten der Herzschrittmacher;
3. gemeinsamer Gesang des Liedes: „Wir sind die junge Garde..."

Ein Mensch schaltet das erste Programm im Fernsehen ein - Breshnew. Er schaltet auf das zweite Programm um - Breshnew. Im dritten Programm wieder Breshnew und im vierten Programm: ein Oberst des KGB, der mit dem Finger droht und sagt: „Du kriegst gleich einen auf die Nase!"

„Woran ist Breshnew eigentlich gestorben?" - „Er bekam einen Herzanfall, als er hörte, daß sein Sohn aus dem Altersheim entwischt ist."

„Worin besteht der Unterschied zwischen Demokratie und sozialistischer Demokratie?" - „Es ist der gleiche wie zwischen einem normalen Stuhl und dem elektrischen Stuhl."

„Worin unterscheidet sich der Sozialismus vom Kapitalismus?" - „Der Kapitalismus macht soziale Fehler, der Sozialismus - kapitale."

Gorbatschow geht in einem Leningrader Großbetrieb auf einen Arbeiter zu und spricht ihn an: „Trinken ist äußerst schädlich. Du beispielsweise, kannst du noch arbeiten, wenn du 500 Gramm getrunken hast?" - „Kann ich." - „Und nach einer Flasche?" - „Kann ich natürlich." - „Und drei?" - „Wie kann man nach drei Flaschen noch ordentlich arbeiten? Sie sehen's doch."

In der Mittagspause beschloß die Sekretärin, sich dem Direktor hinzugeben. Sie betrat sein Arbeitszimmer und wollte gerade die Tür hinter sich schließen. „Untersteh dich!" ruft da der Chef. „Wag nicht, die Tür zu schließen, die anderen denken sonst noch, wir saufen heimlich zusammen."

Der Trolleybusfahrer verkündet: „Haltestelle ‚Schnapsgeschäft'. Nächste Haltestelle ‚Ende der Schlange'."

Information im Radio: „Mitglieder der Gesellschaft der Antialkoholiker, drehen Sie den Ton Ihres Radioempfängers leiser. Für die übrigen teilen wir mit: Moskauer Zeit - 14.00 Uhr."

In einer der Pyramiden fand man eine gut erhaltene Mumie eines Pharaos. Wissenschaftler aus den verschiedensten Ländern der Erde waren angereist, Kriminalisten und Ägyptologen. Aber keiner von ihnen sah sich in der Lage, das Alter des einstigen Königs zu ermitteln. Also rief man die Russen aus dem KGB. Sie krempelten die Ärmel hoch und verschwanden im Innern des historischen Kunstwerks. Reingelassen wurde sonst keiner. Nach etwa einer Stunde erschienen sie müde und abgespannt wieder unter Gottes Sonne. „Die Mumie ist fünftausend Jahre alt", erklärten sie. - „Wie konnten Sie das nur feststellen?" fragten die Umstehenden fassungslos. - „Sie hat es selbst gestanden."

Ein Einkäufer war auf Dienstreise und kam abends ziemlich abgeschlafft in ein Hotel. Zu

seinem Leidwesen war nur noch ein Bett in einem Vierbettzimmer frei. Das war ihm egal, er wollte schließlich nur schlafen. Da hatte er aber nicht mit seinen Zimmergenossen gerechnet. Die spielten Karten, tranken Wodka und erzählten politische Witze. Der Dienstreisende beschloß deshalb, für Ruhe zu sorgen. Er ging zur Rezeption und bestellte vier Tee aufs Zimmer. Dann ging er zurück, und nach einer Weile sagte er: „Es ist schon spät. Langsam wird es Zeit, daß wir schlafen gehen. Und Sie, meine Herren, erzählen hier so laut politische Witze. Im Zimmer sind bestimmt Wanzen und dann kann's ein Unglück geben." - „Sie sind wohl von allen guten Geistern verlassen, Wanzen in den Hotelzimmern?!" - „Das haben wir gleich. Herr Hauptmann, lassen Sie bitte vier Tee auf unser Zimmer bringen", sagt der Einkäufer laut. Wenig später bringt der Kellner vier Tee. Den Mitbewohnern ist jeder Spaß vergangen. Sie legen sich schlafen. Als der Einkäufer morgens erwacht, ist er allein im Zimmer. An der Rezeption erfährt er, daß die anderen heute nacht von der Polizei abgeholt worden sind. „Und warum haben sie mich in Ruhe gelassen?" - „Dem Herrn Hauptmann hat Ihr Witz mit dem Tee so gut gefallen."

Wie oft lacht ein Armeeangehöriger über einen Witz? Ein General lacht über einen Witz viermal: das erste Mal, wenn er ihn hört; das zweite Mal, wenn man ihm den Witz erklärt; das dritte Mal, wenn er die Pointe endlich verstanden hat; und das vierte Mal, wenn er ihn seiner Frau erzählt. - Ein Leutnant lacht dreimal. Er ist in der Regel noch nicht verheiratet. - Ein Feldwebel lacht nur zweimal. Er versteht ihn sowieso nicht. - Ein Gefreiter lacht nur einmal. Ihm erklärt den Witz keiner. - Und der Proviantmeister lacht überhaupt nicht. Er kennt schon alle Witze.

„Kann der sowjetische Kleinwagen ‚Saporoshez' Geschwindigkeiten um die 200 Stundenkilometer erreichen?" - „Natürlich, wenn man ihn vom Berg Ararat herunterwirft."

Eine japanische Delegation besucht einen sowjetischen Großbetrieb. Nach der Besichtigung und nachfolgenden Gesprächen findet das obligatorische Bankett statt. „Was hat Ihnen bei uns am besten gefallen?" fragt man die Gäste. „Die Kinder!" antworten die Japaner. „Na und unsere Werkhallen?" - „Na ja, das beste waren die Kinder." - „Na, aber unsere Erzeugnisse?" - „Entschuldigen Sie, trotz allem, es waren die Kinder!" -

„Aber weshalb denn?" - „Sehen Sie, alles, was Sie mit den Händen machen, taugt eben nicht allzu viel."

In einem Werk ist eine ausländische Delegation angekündigt. Am Vortag möchte sich der Direktor vorsichtshalber selbst noch einmal über die Lage der Dinge sachkundig machen. Er geht durchs Werk und erschrickt, als er plötzlich einen Arbeiter auf der Straße vor einer Werkhalle sitzen sieht, der aus einer Zeitung heraus Sprotten ißt. „Was machst du hier, du Dummkopf?" ruft der Direktor verärgert. „Was sollen die Ausländer von uns denken. Hast' nichts anderes zu fressen?" Die Delegation kommt, der Rundgang wird beispielhaft organisiert, und als die Besucher aus der Werkhalle auf die Straße kommen, sieht der Direktor denselben Arbeiter mit seiner Zeitung in der Sonne sitzen. Ein Ausweichen erscheint praktisch unmöglich. Die Gäste treten an den Arbeiter heran, und was sehen sie: Er sitzt da und löffelt schwarzen Kaviar. Der Direktor lächelt: „Sehen Sie, das ist bei uns so: Die einfachen Arbeiter wollen oft nicht mehr in der Kantine essen. Sie bringen sich ihre Delikatessen mit und setzen sich in die Sonne." Nachdem die Ausländer wieder abgefahren sind, läuft er schnell zu besagtem Arbeiter: „Das hast du wirklich gut gemacht, meine Anerkennung!" - „Denkst du vielleicht, es war einfach, so vielen Sprotten die Augen auszustechen?"

Zu einem Kolchosvorsitzenden in der Ukraine kommt eine Delegation aus einem westeuropäischen Land. Sie besichtigt die Kollektivwirtschaft. Der Sekretär des Kreiskomitees der Partei ist in hellster Aufregung: „Was hast du ihnen gezeigt, du Hundesohn?! Dein Kuhstall hat kein Dach mehr. Die Kühe sehen aus, als kämen sie geradewegs aus dem Lager, so dürr sind sie. Die Hälfte deiner Bauern ist besoffen. Das Heu auf den Wiesen verfault. Was sollen die über uns denken? Was werden sie schreiben?" - „Laß sie uns doch ruhig verleumden. Das tun sie sowieso."

Ein Japaner absolviert ein Praktikum an einem Forschungsinstitut. Jeden Morgen punkt 9.00 Uhr erscheint er zur Arbeit. Er geht vorbei an den ewig qualmenden wissenschaftlichen Mitarbeitern und murmelt einen Satz auf japanisch. Irgendwie fühlen sich die Mitarbeiter dabei unwohl und fragen den Dolmetscher, was der japanische Herr da wohl so von sich gebe. Der Dolmetscher erklärt: „‚Meine Herren, ich werde mich an

UND WAS TREIBEN SIE BERUFLICH?
BIN STÄDTISCHER ANGESTELLTER!
31

Ihrem Streik nicht beteiligen‘, sagt der Japaner.“

„Wieviel Leute arbeiten hier?“ - „Mit dem Meister, sieben.“ - „Und ohne den Meister?“ - „Ohne den Meister, keiner!“

„Was wird mit den Lebensmitteln während der Olympischen Spiele 1980 in Moskau?“ - „Man kann sie per Telefon bestellen und bekommt sie per Radio.“

„Weshalb ist das Flugzeug mit den Lebensmitteln für Afghanistan nicht angekommen?“ - „Es wurde schon über Tula abgeschossen.“

Ein Russe kommt auf einer Dienstreise nach Paris. „Wann soll ich Ihnen das Bad einlassen?“ fragt das Zimmermädchen. „Am Samstag.“

Im Zusammenhang mit dem Jubiläum der Veteranen des Krieges wurden ihnen neue Privilegien eingeräumt:

1. Sie dürfen die Kreuzung bei Rot überqueren.
2. Sie dürfen am Badestrand auch über die Begrenzungsbojen hinausschwimmen.

3. Sie dürfen Fahrstuhlschächte betreten, auch wenn die Kabine noch nicht da ist.

In einem Geschäft verlangt ein Kunde Tee. „Möchten Sie sowjetischen oder chinesischen?“ fragt die Verkäuferin. Wenn's so ist, dann geben Sie mir besser Kaffee.“

Die Ehefrauen zweier Parteioberen unterhalten sich beim Kaffee. „Geniere dich nicht, Mascha, nimm ruhig noch ein paar Stückchen von der Schokolade. Mein Mann hat gestern die Fabrik besichtigt und einen ganzen Koffer voll geschenkt bekommen.“ - „Deiner weiß sich zu helfen. Meiner dagegen ist ein voller Versager. Stell dir vor, gestern war er zur Eröffnung eines Konservatoriums, und keine einzige Konserve hat er uns mitgebracht.“

Vor einem Geschäft steht eine Schlange. Ein neuer Bürger erscheint vor dem Laden und stellt sich aus Gewohnheit hinten an. Dann fragt er seinen Vordermann: „Was verkaufen die hier?“ - „Hemingway.“ - „Ist der besser als Selbstgebrannter?“ - „Weiß ich nicht, hab auch noch nie welchen getrunken.“

Ein Zug fährt durch die russische Steppe. Plötzlich hält er mitten in der Einöde an.

Nach einer Stunde werden die Passagiere etwas ungeduldig und lehnen sich aus dem Fenster. Am Zug stehen zwei Eisenbahner. „Nun, Genossen, was ist passiert?“ - „Ruhig, Genossen, wir tauschen die Lok.“ Nach weiteren zwei Stunden sieht man sie wieder. „Was ist denn nun? Habt ihr die Lok getauscht?“ - „Ja, haben wir“, berichtet der eine in fröhlicher Stimmung. „Und warum geht es nicht weiter?“ - „Keine Lokomotive da!“ - „Na, ihr sagtet doch, ihr wollt die alte Lok gegen eine neue tauschen.“ - „Tauschen schon, aber nicht Lok gegen Lok, sondern Lok gegen Wodka.“

In die Bar kommt ein Mann und verlangt zehn Gläser Wodka. Der Barkeeper erfüllt diesen Wunsch. „So, nun nehmen Sie das erste und das letzte Glas weg.“ - „Bitte sehr!“ Die übrigen acht trinkt der Gast schnell aus. Der Barkeeper kann seine Neugier nicht zurückhalten. „Ich erlebe so etwas zum ersten Mal. Weshalb trinken Sie auf so eigenartige Weise?“ - „Sie müssen wissen: Das erste Glas kriege ich immer schwer runter, und das letzte ist zuviel.“

„Hallo, verbinden Sie mich mit Smolensk 436-56-54!“ - „Nach Smolensk heute keine Verbindung!“ - „Dann geben Sie mir bitte

New York." - „Aber bitte!" - „Hier New York!" - „Hallo, verbinden Sie mich bitte mit Smolensk 436-56-54!" - „Okay, einen Moment."

Ein Kongreß der kommunistischen und Arbeiterparteien wird in Moskau eröffnet. Da viele der Delegierten den westlichen Lebensstil gewöhnt sind, beschließt man, ein Bordell einzurichten. Die Sache kommt zum Tragen, aber bereits nach dem ersten Tag bleiben die Besucher aus. Da wird der Direktor ins ZK zitiert und befragt: „Vielleicht ist die Atmosphäre nicht so, wie sie sein sollte?" - „Kann nicht sein, wir haben die teuersten Möbel gekauft und Gobelins aufgehängt." - „Vielleicht liegt es daran, daß Musik fehlt?" - „Aber woher denn, bei uns spielt das beste Orchester." - „Dann muß mit den Mädchen irgendwas nicht stimmen!" - „Auch das ist unwahrscheinlich, unsere Auswahlkriterien waren äußerst streng. Alle sind schon seit 1930 in der Partei."

„Wanja, erkläre mir bitte den Unterschied zwischen einer Atombombe und einer Neutronenbombe!" - „Wenn eine Atombombe explodiert ist, gibt es uns nicht mehr und auch keine Häuser und Geschäfte mehr. Nach einer Neutronenbombe existieren wir

Menschen auch nicht mehr, aber die Häuser und Geschäfte und sogar die Waren bleiben erhalten." - „Dann mußt du mir noch sagen, welche Bombe bei uns eingeschlagen hat. Du und ich, wir leben noch, Geschäfte gibt's auch noch, aber keine Waren mehr."

Auf dem Roten Platz in Moskau stehen Alexander der Große, Cäsar und Napoleon. Sie verfolgen die Parade zum Tag der Roten Armee. „Ach, wenn ich doch diese stählernen Vögel damals gehabt hätte", sagt der Mazedonier, „ich hätte China, Indien und die halbe Welt erobert." - „Mit diesen eisernen Kampfwagen hätte ich Karthago bereits beim ersten Vorstoß dem Erdboden gleichgemacht", vermerkt Cäsar. Napoleon schweigt und liest die „Prawda". Dann stellt er fest: „Wenn es damals schon eine solche Zeitung gegeben hätte, wüßte heute noch keiner etwas von meiner Niederlage in der Schlacht von Waterloo."

Es begab sich, daß der Tag anbrach, an dem der ganzen Welt bekannt wurde: In drei Tagen ist das Ende der Welt! Der amerikanische Präsident erließ eine Verordnung, wonach alle Kneipen, Bars, Pubs, Restaurants und Orte, an denen getrunken werden kann, rund um die Uhr geöffnet sind und jedermann ohne Geld trinken darf, bis er umfällt. In Frankreich gingen alle Frauen auf die Straße: Am Vorabend des Endes der Welt waren sie bereit, sich jedem, der es wünscht, hinzugeben. So wollte es das ganze Land. In der Sowjetunion wurde eiligst eine außerordentliche Tagung des Zentralkomitees einberufen. Sie faßte den Beschluß: „Wir erfüllen den Fünfjahrplan in drei Tagen!"

Losungen:

Unsere Nerventätigkeit - das ist die höchste!

Unsere Paralyse - das ist die fortgeschrittenste!

Unser Service - das ist der unaufdringlichste!

Unsere Transistoren - das sind die größten!

Es lebe das Sowjetvolk - der ewige Erbauer des Kommunismus!

Bei der Eisenbahn: „Jedem Fahrgast - ein angenehmer Platz!"

Im Bergbau: „Der Platz der Kommunisten ist unter der Erde!"

Gorbatschow geht zum Frisör im Kreml. „Was hört man Neues aus der DDR?“ fragt der Frisör. Gorbatschow murmelt irgendwas, der Mann mit der Schere versteht's nicht und wiederholt seine Frage. Das gleiche wiederholt sich mehrfach. Dann wird es Gorbatschow zu bunt. „Was interessiert Sie nur diese DDR?“ will er wissen. „Die DDR interessiert mich überhaupt nicht. Aber wenn Ihnen die Haare zu Berge stehen, lassen sie sich besser schneiden.“

Dürfen und nicht dürfen. Der Deutsche: Was man darf, das darf man; was man nicht darf, darf man nicht. Der Engländer: Man darf alles mit Ausnahme dessen, was man nicht darf. Der Franzose: Man darf alles, sogar, was man nicht darf. Der Russe: Man darf gar nichts, nicht einmal das, was man darf.

„Wie gefällt Ihnen unsere neue Wohnung?“ - „Am besten gefallen mir die Nischen, die in die Wände eingelassen wurden, für die Schränke...“ - „Das sind keine Nischen, das sind unsere Zimmer!“

Der Ehemann kommt betrunken nach Hause. Seine Frau schlägt ihn. Sie packt ihn bei den Haaren und stößt ihn mit dem Kopf auf den Tisch: „Du wirst mir noch mal saufen!

Noch einmal saufen wirst du mir!“ Der Betroffene antwortet voll im Tran: „Dann gieß schon ein, wenn's sein muß!“

„Wie heißt der Obelisk an der Unionsausstellung der Leistungen der Volkswirtschaft?“ - „Traum eines Impotenten!“

Mit einer Büste unter dem Arm kommt ein Patient zu einem Arzt, einem Sexuologen. „Doktor, mit mir geht etwas Eigenartiges vor. Ich bin unsterblich in diese Dame aus Mamor verliebt. Die Lebenden können mich überhaupt nicht mehr reizen.“ - „Mein lieber Freund, Sie sind nicht nur ein Fetischist, sondern auch noch schwul. Das ist nämlich Lomonossow.“

„Hör mal, wieviel bietest du für meine Frau?“ - „Keine blanke Kopeke.“ - „Abgemacht, du hast sie gewonnen!“

Ein bejahrter Professor wird gefragt: „Warum heiraten Sie nicht wieder? Sie sind als Witwer gut versorgt, und jede junge Studentin würde sich glücklich schätzen, Ihre Frau zu werden.“ Gesagt - getan. Eine bescheidene Hochzeit, ein Essen im Freundeskreis, und das junge Paar begibt sich in die Villa des Professors. „Hier werden wir gemeinsam leben“, erklärt der Professor seiner jungen Frau. „Das ist das Gästezimmer, dort das Speisezimmer, daneben das Bad, diesen Gang entlang kommst du in den Salon mit dem Kamin, daneben rechts das Raucherzimmer und mein Arbeitszimmer.“ Dann begeben sie sich ins Obergeschoß. Er erklärt weiter: „Hier ist dann mein Schlafzimmer und daneben das deine. Schlafen werden wir getrennt, und wenn ich dich besuchen möchte, klopfe ich einfach.“ Die letztgenannte Verpflichtung gefiel der jungen Frau besonders, und sie zog sich in ihr persönliches Schlafgemach zurück. Zehn Minuten später ein Klopfen an der Tür: „Liebes, ich bin's, ich möchte meinen ehelichen Pflichten nachkommen.“ Da war nichts zu machen, sie mußte ihn schon einlassen. Der Professor, in Ehren ergraut, erfüllt seine Aufgabe und verläßt das Zimmer. Eine Viertelstunde später klopft es wieder: „Meine Sonne, ich bin's, ich möchte meinen ehelichen Pflichten nachkommen.“ Die Studentin bringt nicht den Mut auf, nicht zu öffnen. Sie läßt ihn ein, alles läuft, wie gehabt. Es vergeht eine halbe Stunde. „Tuck, tuck, tuck. Meine Schwalbe, ich bin's, ich möchte meinen ehelichen Pflichten nachkommen.“ Das Ritual der ersten Hochzeitsnacht findet kein Ende. Das Kommen und Gehen dauert bis zum Morgengrauen an. „Liebling, ich bin's, ich möchte meinen ehelichen Pflichten nachkommen." - „Mein Teuerster, es ist schon Morgen, und ich bin hundemüde, du hast deine ehelichen Pflichten nun schon zehnmal erfüllt..." Verdutzt schaut der Professor drein: „Was, zehnmal? Verdammte Sklerose!"

Ein Ingenieur tritt eine längere Dienstreise nach Afrika an. Seine Frau begleitet ihn. Nach einigen Monaten schreibt er seiner Mutter: „Liebe Mama, Nina hat einen bezaubernden kleinen Jungen zur Welt gebracht. Da sie aber wegen des ungewohnten Klimas selbst keine Milch hat, haben wir eine dunkelhäutige Amme engagiert. Und nun stell Dir vor, der Junge ist auch ganz schwarz geworden." - „Mein lieber Junge", antwortet die Mutter, „als Du geboren wurdest, hatte ich auch keine Milch, und ich habe Dich damals mit Kuhmilch ernährt. Aber dabei habe ich nicht im geringsten daran gedacht, daß Dir mit dreißig Jahren Hörner wachsen könnten."

Die Frau zu ihrem Mann: „Weißt du, in letzter Zeit habe ich einen schrecklichen Traum, mir ist, als würde ich einen kleinen schwarzen Jungen zur Welt bringen mit so... großen Ohren." Er bringt die Frau zum Arzt. Der sagt ihm, daß Schwangere manchmal derartige Alpträume haben und verschreibt Beruhigungspillen. Aber ungeachtet dessen wiederholt die Frau ständig, daß sie von einem kleinen schwarzen Baby mit häßlichen großen Ohren träumt. Er bringt die Frau in die Entbindungsstation, und sie entbindet dort. Abends ruft der Mann den Chefarzt an: „Ist die Geburt normal verlaufen?" - „Ja." - „Ist es ein Junge?" - „Ja, ein gesunder Junge." - „Ein schwarzer?" - „Ja." - „Mit großen abstehenden Ohren?" - „Keineswegs. Alles normal." - „Na, Gott sei Dank!"

Welcher Unterschied besteht zwischen einer Ehefrau und der Frau eines Kosmonauten?" - „Die Frau eines Kosmonauten schaut nach oben und hofft, daß er bald wieder runterkommt."

Ein Engländer = ein Gentleman.
Zwei Engländer = eine Wette.
Drei Engländer = ein Parlament.
Ein Franzose = ein Liebhaber.
Zwei Franzosen = ein Duell.
Drei Franzosen = eine Revolution.
Ein Russe = ein Säufer.
Zwei Russen = eine Schlägerei.
Drei Russen = eine Parteizelle.

Streit um die Nationalität der Eva.
Der Engländer: Sie kann nur von englischem Geblüt gewesen sein. Denn das Teilen des Apfels zeugt von gentlemenlike, und das ist nur den Engländern eigen.
Der Franzose: Sie war Französin, denn nur eine Französin gibt sich für einen halben Apfel hin.
Der Russe: Sie war ohne Zweifel Russin, denn nur mit einem halben Apfel in der Hand und nackt sich vorzustellen, sie sei im Paradies, das kann einzig und allein eine Russin.

Drei Engländer gehen einen trinken. Sie wissen jedoch von vornherein, daß einer von ihnen nichts trinkt. Den müssen sie lange zu überreden versuchen, was aber nicht fruchtet. Und so verdirbt er allen die Laune.
Drei Franzosen gehen einen trinken. Sie wissen jedoch von vornherein, daß sich einer von ihnen sinnlos besaufen wird. Sie müssen ihn zur Toilette bringen, und dort kotzt er alles voll, einschließlich den Kellner.
Drei Italiener gehen einen trinken. Sie wissen jedoch von vornherein, daß einer von ihnen eine Schlägerei anfangen wird. Als Folge werden sie dann im Polizeigewahrsam übernachten müssen.

Drei Russen gehen einen trinken. Sie wissen jedoch von vornherein, daß sie bald genug haben werden und anfangen, politische Witze zu erzählen. Und einer von ihnen legt den anderen dann die Hand auf die Schulter.

Die CIA hat drei Spione verhaftet: einen Engländer, einen Franzosen und einen Russen. Das Bundesgericht verurteilt alle drei zum Tode. Man beginnt mit dem Engländer und überläßt ihm die Wahl der Art des Todes. Er wählt natürlich den elektrischen Stuhl. Man schaltet den Strom ein, kein Strom. Traditionsgemäß werden Verbrecher in diesem Falle begnadigt. Nun fragt man den Franzosen: „Welche Art der Hinrichtung wünschen Sie?“ - „Ich achte die Gesetze des Landes, gegen das ich gearbeitet habe. Die Guillotine ist reine Barbarei, nehmt den elektrischen Stuhl.“ Er wird drauf gesetzt, kein Strom - die Geschichte wiederholt sich. Auf dem Gang flüstert er dem Russen zu: „Kein elektrischer Strom da“. Der Russe wird gefragt, wie er sich denn nun das Ende seines Lebens vorgestellt habe. „In dem Ding ist sowieso kein Strom“, stellt er fest, „was bleibt euch übrig. Urteil ist Urteil, also erschießt mich!“

Die russischen Witze über andere Völker sind polyphon. In ihnen schwingt keinerlei Verachtung gegenüber Menschen, die andere Sprachen sprechen oder andere Speisen bevorzugen, von einem anderen Lebensstil ganz zu schweigen.

Ein Georgier beschwert sich bei seinem Freund, daß sein Bild nicht für die Ausstellung genommen wurde. „Weshalb frage ich, mein Lieber, eine solche Diskriminierung? Pornographie haben sie gesagt. Hör mal, wo ist denn hier die Pornographie: Eine schöne Frau sitzt am Ufer des Meeres, auf ihren Knien ein Junge. Die Brust, verstehst du, da saugt er dran. ‚Mutterschaft' heißt das Gemälde. Und die sagen ‚Pornographie'. Der Junge ist ihnen schon viel zu groß."

Ein Flugzeug fliegt die Route Tbilissi - Moskau. Kurz nach dem Start meldet sich der Flugkapitän und sagt zu den Fluggästen: „Meine Herrschaften, bitte regen Sie sich nicht auf, aber an Bord ist ein Terrorist, der von uns fordert, nach Istanbul zu fliegen. Im Interesse Ihrer Sicherheit haben wir uns entschlossen, sein Ultimatum zu erfüllen. Plötzlich springt ein kleiner Georgier aus seinem Sessel und dringt in die Pilotenkanzel ein. Schreie, Flüche, Widerhall eines Kampfes.

Einige Minuten später erscheint der Georgier wieder in der Kabine der Passagiere. „Nichts ist, nicht Istanbul, Moskau wird angeflogen." An der Gangway in Moskau stehen Pioniere mit roten Halstüchern, Pressevertreter, Fernsehkameras, um den Helden, der den Terroristen besiegt hat, willkommen zu heißen. Man schiebt ihm ein Mikrofon vors Gesicht und fragt: „Sagen Sie, was hat Sie eigentlich zu dieser Heldentat bewogen?" - „Was heißt bewogen? Wer, denken Sie denn, hätte mir in Istanbul meine Tomaten, Gurken und Rosen abgekauft?"

Gina Lollobrigida besucht Tbilissi. Eines Abends erscheint ein Georgier bei ihr. Zuerst war sie erschrocken. Nachdem sie sich jedoch von seinen friedlichen Absichten überzeugt hatte, beruhigte sie sich. „Wir freuen uns", sagte der Gast, „daß so eine weltbekannte Schauspielerin zu uns nach Georgien gekommen ist. Als Zeichen meiner Verehrung möchte ich Ihnen dieses bescheidene Brillantkollier schenken. Bitte betrachten Sie es als mein persönliches Geschenk." - „Aber so ein teures Geschenk kann ich ja gar nicht annehmen. Was kann ich für Sie tun, um Ihnen zu danken?" - „Eine ganze Kleinigkeit, macht keine Mühe... Wenn Sie nach Italien zurückfliegen, winken Sie auf der Gangway

nochmals und rufen: ‚Ciao, Reso!‘. Das wär schon alles.“ - „In Ordnung.“ Die Zeit geht ins Land.
Flughafen Tbilissi. Gina Lollobrigida auf der Gangway. Sie erinnert sich an das gegebene Versprechen und sucht in der Menge ihren neuen Bekannten. Plötzlich hat sie ihn in einer Gruppe von Georgiern entdeckt. Reso steht mit dem Rücken zum Flugzeug und beachtet die Filmdiva überhaupt nicht. „Ciao, Reso!“ ruft sie ihm zu. Der reagiert kein bißchen. „Ciao, Reso!“ Gina schreit sich fast die Lunge aus dem Hals, doch Reso dreht sich nicht mal um. „Ciao, Reso!“ ruft sie mehrfach hintereinander. Da wendet ihr der Georgier kurz, für ein paar Sekunden das Gesicht zu: „Ciao, ciao!“. Gleich darauf dreht er sich wieder zu seinen Freunden um und sagt: „Ach, die geht mir auf den Geist...“

Ein Georgier sitzt auf einer Bank und heult bitterlich. „Was ist passiert Gogi? Ist deine Datsche abgebrannt?“ - „Nein, die steht noch, und die andere auch.“ - „Hast du dein Auto zu Schrott gefahren?“ - „Nein. Der Wolga läuft ganz gut, der Shiguli meiner Frau ist auch in Ordnung, und der Moskwitsch meines Söhnchens funktioniert normal.“ - „Bist du vielleicht krank?“ -

„Nein, ich bin gesund wie ein Fisch im Wasser." - „Hast du Unannehmlichkeiten auf Arbeit?" - „Wovon redest du denn? Mein Chef ist mein bester Kumpel!" - „Und warum heulst du dann so fürchterlich?" - „Das Volk, weißt du, das Volk tut mir so leid..."

Ein Georgier geht mit seiner Frau in die Stadt. Sie kommen an eine Apotheke mit dem bekannten Symbol, dem Äskulapstab und der Schlange. „Was stellt das dar, was denkst du?" fragt er die Frau. „Hier ist eine Apotheke, und das ist ihr Symbol." - „Nein, das ist deine Mutter beim Eisessen."

Ein Georgier betritt ein hauptstädtisches Restaurant und stellt einen Koffer auf den Tisch. „Genosse", erklärt ihm der Kellner, „in unseren Restaurants ist es nicht üblich, den Koffer auf den Tisch zu stellen." - „Du meinst also, ich darf meine Geldbörse nicht auf den Tisch legen, he?"

Ein Georgier füllt einen Fragebogen aus. In der Spalte „Herkunft" schreibt er „Fürst". - „Wissen Sie, die Fürsten haben wir 1917 verjagt. Jetzt auf seiner adligen Herkunft und Vergangenheit zu bestehen ist politisch falsch und auch unangenehm", belehrt man ihn. „Dann schreiben Sie wenigstens

‚ehemaliger Fürst‘!“ - „Mein lieber Freund, Fürsten sind eine besondere Rasse. Oder würden Sie bei einem Hund schreiben: ‚ehemaliger Pudel‘?“

Ein Wasserballspiel läuft. Die georgische Mannschaft greift an. Der Stürmer Aftandil bricht zum Tor der Gegner durch und bewegt sich zielstrebig auf den Torwart zu. „Aftandil, spiel ab zu Gogi!“ schreit der Trainer. Der reagiert gar nicht und schwimmt weiter. „Aftandil, spiel den Ball zu Gogi ab“, fordert der Trainer und läuft am Beckenrand mit. Erneut keinerlei Reaktion. „Aftandil, ich sage, du sollst den Ball zu Gogi werfen!“ Aftandil schwimmt an den Torwart heran und wirft ein klassisches Tor. Dann schwimmt er zum Beckenrand und sagt beleidigt zum Trainer: „Was schreist du so, ich habe ein Tor geworfen!“ Der Trainer ereifert sich: „Er hat ein Tor geworfen..., und Gogi ist abgesoffen.“

RESPEKT, GENOSSE LEONID
— EIN KGB-SPUTNIK!
?
!

Internationale Witze

Die skeptische Haltung zu den Realitäten im eigenen Vaterland war bei weitem kein Mangel an Patriotismus. Sie verkörpert ganz einfach die natürliche Art und Weise der Existenz einer sich selbst achtenden Nation, die es auch nicht verübelt, wenn über sie gelacht wird. Dazu muß man außerdem anmerken: Die Ära nach Stalin entfachte ein Feuerwerk von Witzen über Ausländer. Ihr Auftauchen stellt ein in vielem nicht erklärbares Phänomen dar, denn das Leben der Ausländer spielte sich in allzu weiter Entfernung ab und war für die meisten Mitbürger ein Buch mit sieben Siegeln. Aber ungeachtet dessen erzählte man einander Witze über ferne Länder, mit denen man bizarre Mythen verband. Sie ergaben sich aus der Auffassung der

Bürger diesseits des eisernen Vorhangs von der Welt und stellten den Versuch dar, den eigenen Horizont zu erweitern.

Jackie Kennedy erzählt ihrer Freundin: „Weißt du, ich mußte mir eine ganz bestimmte Stelle rasieren. Es blieb mir nichts anderes übrig." - „Wie denn das, du bist doch keine Muslimin?" - „Verstehst du, seitdem John F. Präsident geworden ist, geht mit ihm etwas Eigenartiges vor. Jede Nacht faßt er mich an dieser Stelle an, krallt sich in den Haaren fest und schreit: ‚Endlich hab ich dich, Castro!'"

Die Frau von Präsident Nixon beschwert sich beim Eheberater, daß ihr Mann im Bett überhaupt kein Auge mehr für sie hat, geschweige denn... „Und wie gehen Sie schlafen?" - „Ganz normal. Ich betrete das Schlafzimmer im Nachtgewand, lege es ab und habe dann noch den Pyjama an. Und so lege ich mich danach ins Bett neben meinen Mann." - „Verstehen Sie mich richtig, Madame, Männern wird Eintönigkeit über. Um so mehr noch, da Ihr Gatte den Kopf übervoll mit allen möglichen Problemen und Sorgen hat. Versuchen Sie's doch mal mit Varianten von Sex. Er muß in Ihnen etwas Ungewöhnliches entdecken. Ziehen Sie sich

MADE IN USSR

doch einmal vorher schon ganz nackt aus und bedecken Sie den intimsten Teil des Körpers mit einem schwarzen Band." Die Frau befolgt diesen Rat. Sie legt sich vollkommen entkleidet ins Schlafzimmer, über der bewußten Stelle trägt sie ein schwarzes Band. Nixon betritt den Raum, schaut auf seine Gattin und schlägt sich plötzlich an den Kopf: „Verdammt noch mal, nun hab ich doch vergessen, Moshe Dayan anzurufen!"

In eine Bar in Santiago kommt ein Bärtiger und verlangt Rum. Der Barmann gießt ein. Der andere kippt sich den Inhalt des Glases in den Rachen und will gehen. „Und wie steht's mit der Bezahlung?" fragt der Mixer vorsichtig. „Castros Polizei!" antwortet der Fan unentgeltlicher Getränke und weist auf seinen Bart. Der Barmann seufzt bekümmert. Doch dann erscheint ein Bartloser und verlangt ebenfalls Rum. Das belebt den Barmann wieder. Der Gast macht mit dem Getränk ebenfalls kurzen Prozeß und strebt zum Ausgang. „Erst mal bezahlen!" ruft der Mann hinter der Bar. „Sie haben keinen Bart, können also nicht von Castros Polizei sein!" - „Geheimpolizei Castros..."

Ein Engländer wird auf eine unbewohnte Insel verschlagen. Eine gewisse Zeit später entdeckt ihn ein Schiff und legt an, um den Armen zu retten. Am Ufer bemerken die Matrosen drei Hütten. „Weshalb hast du dir drei Hütten gebaut?“ interessieren sie sich. „Sehen Sie, in der einen wohne ich, und die anderen beiden sind Clubs.“ - „Aber wozu denn dann zwei?“ - „In den einen gehe ich regelmäßig, und den anderen meide ich.“

Ein Engländer geht über den Piccadilly-Circus, und plötzlich legt ihm ein weißes Pferd den Kopf auf die Schulter. Der Mann ist total verwirrt. Da fragt das Pferd: „Haben Sie Shakespeare gelesen?“ - „Nein“, stammelt der außer Rand und Band geratene Engländer. „Aber ich!“ bemerkt das Pferd und trabt stolz weiter. Der verdutzte Engländer läuft los, was das Zeug hält, stößt auf einen Bekannten und erzählt ihm sein widerspruchsvolles Erlebnis. „Was war das für ein Pferd?“ fragt der Bekannte. „Ein weißes, etwa?“ - „Ja. Ein weißes Pferd.“ - „Der Gaul lügt das blaue vom Himmel herunter, er hat gar nichts gelesen.“

In einer englischen Familie hat ein Junge seit seiner Geburt kein Wort gesprochen. Eines Tages - er war gerade sechs Jahre alt geworden - sagt er nach dem Mittagessen: „Meines Erachtens sind die Steaks verbrannt." Alle Anwesenden freuen sich wie die Könige, aber dann fragen sie: „Warum hast du so lange geschwiegen und bisher kein Wort gesagt?" - „Bisher war ja alles in Ordnung."

In einer englischen Schule wird ein Aufsatz geschrieben, in dem unbedingt Gott, die Königin, Sex und ein Geheimnis eine Rolle spielen sollen. Eine Schülerin schreibt: „Oh Gott, seufzte die Königin, ich bin schon wieder schwanger und weiß nicht von wem."

In der Wohnung eines Engländers schellt das Telefon. Der Butler nimmt den Hörer ab. „Hören Sie John", erklärt die Stimme im Hörer, „gehen Sie ins Zimmer meiner Frau und sagen Sie ihr, daß ich heute im Klub aufgehalten werde. Wenn sie es wünscht, kann sie mich anrufen. Ich sage Ihnen die Telefonnummer." - „Einen Augenblick, Sir", antwortet der Butler, „legen Sie nicht auf!" Einige Minuten später berichtet er seinem Gesprächspartner: „Erstens, Ihre Frau schläft. Zweitens hat sie gesagt, daß Sie neben ihr schlafen." - „John, ich habe eine Bitte an Sie, gehen Sie in mein Arbeitszimmer, nehmen Sie die Pistole aus dem oberen Fach des Schreibtisches und erschießen Sie mich und meine Frau." - „In Ordnung, Sir", ertönt der Butler, „bitte legen Sie nicht auf." Es fallen mehrere Schüsse, man hört die Geräusche eines Kampfes. Dann greift der Butler wieder zum Hörer: „Sir, Ihre Frau habe ich sofort erschossen, aber mit Ihnen gab es ein Handgemenge. Ich habe Sie erst in der Halle bei dem Springbrunnen erwischt." - „John, bei mir zu Hause gibt es keine Halle mit einem Springbrunnen." - „Sir, welche Nummer haben Sie gewählt?"

Morgens. Stille. Über den Wiesen steigt der Nebel empor. Zu hören sind nur die einsamen Striche eines Besens, mit dem ein Straßenfeger auf einer Brücke in der Bretagne die Gehwege reinigt : „Schich, schich, schich..." Plötzlich öffnet sich ein Fenster und eine nur wenig bekleidete Blondine schaut heraus: „Monsieur, können Sie nicht etwas schneller fegen, Sie zwingen dem ganzen Viertel Ihren Rhythmus auf."

Die drei Leitsätze eines Franzosen:
1. Wenn du erwachst, beschlafe deine Frau, denn nur dann kannst du sicher sein, daß du der erste bist.
2. Gehst du auf der Straße, streichle die Kinder, die du triffst, es könnten deine sein.
3. Kommst du abends nach Hause, gib dei-

ner Frau eines hinter die Ohren, sie weiß schon warum.

Wie bringt ein eleganter Franzose einer Dame in einem Restaurant bei, daß er sich zur Toilette begeben muß? „Madame, ich muß mich für kurze Zeit entschuldigen, um einen alten Freund zu umarmen, mit dem ich Sie später ebenfalls bekanntmachen möchte."

Drei Cowboys reiten durch die Prärie. Fragt der eine seinen Nebenmann: „Wieviel ist zwei und zwei?" - „Vier", antwortet dieser. Darauf zieht der erste seinen Colt und erschießt ihn. Da fragt der dritte, dem das völlig schleierhaft erscheint: „Weshalb hast du Joe erschossen?" - „Der wußte zu viel..."

„Vater, weshalb schwankt der Sänger auf der Bühne so stark, wenn er singt?" - „Dann ist er schwerer zu treffen, mein Junge."

Walter Ulbricht kommt nach einem Besuch in Moskau nach Berlin zurück. „Na, was hast du Schönes mitgebracht?" fragt seine Frau Lotte. „Hier, einen Anzug, ein Gelegenheitskauf." - „Laß mal sehen, zieh ihn mal an!" Der Erste Sekretär und Staatsratsvorsitzende zieht den Anzug an, kommt aber kaum in die Hosen hinein, das Jackett läßt sich nicht zuknöpfen und die Ärmel gehen ihm gerade so über die Ellbogen. „Das paßt dir ja überhaupt nicht", stellt seine Frau fest, „da kannst du mal sehen, was du in Moskau für ein kleiner Wicht bist, wenn dir der Anzug dort gepaßt hat."

Walter Ulbricht geht mit seiner Frau Lotte Unter den Linden in Berlin spazieren. Es ist warm. Die Sonne scheint. Plötzlich spannt Walter den Regenschirm auf. „Warum tust du das?" fragt seine Frau. „Es ist keine Wolke am Himmel zu sehen." - „Hast du denn die Information nicht bekommen? In Moskau regnet es in Strömen."

„Warum stehen hier alle auf und skandieren: ‚Erich, Erich...'?" - „Damit sie nicht sitzen müssen."

Ein Pole schreibt einen Brief ins Ausland: „Lieber Wladek! Das Leben ist belämmert, alles ist so teuer. Ein Huhn kostet 2000 Zloty." Der Brief gerät in die Fänge der zuständigen Organe, und der Autor wird von diesen vorgeladen. „Was haben Sie sich dabei gedacht, Genosse? Sie diskreditieren unsere Gesellschaftsordnung in den Augen der Weltöffentlichkeit. Über die Teuerung schreiben Sie künftig nichts mehr, verstan-

WENN DER MAIS – DIE WURST AM STENGEL – HIER NICHT BALD HÖHER WÄCHST ALS SO, DREH' ICH DIR DEN HAHN ZU UND VERRATE DIR AUCH KEINE NAGELNEUEN SOWJETISCHEN NEUERERMETHODEN MEHR!
SCHLUCK

den?“ Der Autor erklärt sich damit einverstanden und schreibt: „Lieber Wladek! Uns geht es gut. Ein Elefant beispielsweise kostet 1500 Zloty. Aber was - zum Teufel - soll ich mit einem Elefanten! Da lege ich lieber noch 500 Zloty zu und kaufe mir ein Huhn.“

Bei einem der ersten Besuche des Papstes in Polen fragt ein Pfarrer den anderen: „Woher kenne ich Sie nur, Hochwürden?“ - „Na woher schon? Wir arbeiten doch für das gleiche Kommissariat.“

Anfrage an den Sender Jerewan

Der Sender Jerewan, der verständlicherweise nicht das geringste mit der Republik Armenien zu tun hatte, war in jenen Jahren eine Körperschaft des schnellen Reagierens, er gab unter anderem Antwort auf die Realitäten des von der Propaganda rosarot gemalten Lebens dieser Zeit.
Die Witze aus der Serie „Anfrage an den Sender Jerewan" waren auf ihre Art scharfsinnig, befreiend und top aktuell, manchmal natürlich auch unterhalb der Gürtellinie. Sie hielten sich über eine ungewöhnlich lange Zeit, wurden spritziger, reifer und hintergründiger. Mit dem Zusammenbruch der Sowjetunion blieben die

Jerewan-Witze nach und nach aus und verschwanden schließlich von der Bildfläche.

Anfrage an den Sender Jerewan: „War Tschaikowski homosexuell?“ - Antwort: „Ja, aber nicht nur deshalb verehren wir ihn.“

Anfrage an den Sender Jerewan: „Was sind Alimente?“ - Antwort: „Der Kauf von Kindern auf Raten.“

Anfrage an den Sender Jerewan: „Wer hat es leichter, ein dummer oder ein glatzköpfiger Mensch?“ - Antwort: „Der mit der Glatze. Das fällt nicht so auf.“

Anfrage an den Sender Jerewan: „Wer ist der glücklichste Mensch auf der Welt?“ - Antwort: „Der Papst. Er sieht seinen Chef tagtäglich am Kreuze hängend.“

Anfrage an den Sender Jerewan: „Kann ein Hund einen Infarkt bekommen?“ - Antwort: „Ja, wenn man ihm menschliche Bedingungen schafft.“

Anfrage an den Sender Jerewan: „Womit läßt sich das Gehalt vergleichen?“ - Antwort: „Mit der Menstruation. Einen Monat lang wartet man darauf, und nach drei Tagen ist alles vorbei."

Anfrage an den Sender Jerewan: „Wie fängt man 19 Löwen?" - Antwort: „Man fängt am besten 20 und läßt einen wieder laufen."

Anfrage an den Sender Jerewan: „Welcher Unterschied besteht zwischen Rubel, Dollar und Pfund?" - Antwort: „Ein Pfund Rubel sind ein Dollar."

Anfrage an den Sender Jerewan: „Was unterscheidet einen Pessimisten von einem Optimisten? - Antwort: „Der Pessimist sagt, der Kognak riecht nach Wanzen, und der Optimist sagt, die Wanzen riechen wie Kognak."

Anfrage an den Sender Jerewan: „Was passiert, wenn man in der Sahara ein sozialistisches Regime errichtet?" - Antwort: „Zuerst gar nichts, aber dann wird der Sand knapp."

Anfrage an den Sender Jerewan: „Was ist eine Sprotte?" - Antwort: „Ein Wal, der im Kommunismus angekommen ist."

Anfrage an den Sender Jerewan: „Welcher Unterschied besteht zwischen dem Kommunismus und einer Wasserstoffbombe?" - Antwort: „Sowohl in dem einen als auch im anderen Falle werden die Unterschiede zwischen Stadt und Land beseitigt."

Anfrage an den Sender Jerewan: „Gibt es im Kommunismus Geld?" - Antwort: „Nein." - Stöhnen: „Also wieder nicht..."

Anfrage an den Sender Jerewan: „Warum werden dem Brot Erbsen beigemischt?" - Antwort: „Damit wir mit Pauken und Trompeten zum Kommunismus gelangen."

Anfrage an den Sender Jerewan: „Was bedeuten Breshnews Brauen?" - Antwort: „Das ist Stalins Schnurrbart, auf das richtige Niveau gehoben."

Anfrage an den Sender Jerewan: „Wer sind die Chinesen?" - Antwort: „Das sind Russen, gelb vor Hunger und mit Schlitzaugen aus Haß gegen den Imperialismus."

Anfrage an den Sender Jerewan: „War Lenin Wissenschaftler?" - Antwort: „Nein. Sonst hätte er sein sozialistisches Experiment erst einmal an Mäusen ausprobiert."

...BEGINNEN WIR ALSO ZUNÄCHST BEHUTSAM MIT EINEM KLEINEN GLAS NOST!

Anfrage an den Sender Jerewan: „Was bedeutet Sozialismus?" - Antwort: „Jeder nach seinen Fähigkeiten und jedem zwei Kilo Mehl."

Anfrage an den Sender Jerewan: „Warum ist die amerikanische ‚Skylab' abgestürzt?" - Antwort: „Beim Überfliegen der Sowjetunion ist sie auf den hohen Lebensstandard geprallt."

Anfrage an den Sender Jerewan: „Welche vier Faktoren hemmen die Entwicklung der sowjetischen Landwirtschaft?" - Antwort: „Frühling, Sommer, Herbst und Winter."

Anfrage an den Sender Jerewan: „In welche Kategorien teilt man die Menschen ein?" - Antwort: „In solche, die Lenin gesehen haben, und solche, die Lenin im Sarg gesehen haben."

Anfrage an den Sender Jerewan: „Warum hat die UdSSR ein Einparteiensystem?" - Antwort: „Weil wir zwei Parteien nicht ernähren könnten."

Anfrage an den Sender Jerewan: „Was ist Polen?" - Antwort: „Die fröhlichste Baracke im sozialistischen Lager."

Anfrage an den Sender Jerewan: „Wie sieht das neue Wappen der Sowjetunion aus?" - Antwort: „Ein Adler mit zwei dichten Brauen, der in seinen Krallen die Broschüre ‚Das kleine Land' hält."

Anfrage an den Sender Jerewan: „Warum hat der armenische Weinbrand mit drei Sternen auf der Pariser Ausstellung eine Goldmedaille erhalten und der Fünf-Sterne-Weinbrand nicht?" - Antwort: „Die Tatsache ist uns auch unerklärlich. Denn: Beide kommen aus dem selben Faß."

Anfrage an den Sender Jerewan: „Stimmt es, daß in Moskau auf dem Roten Platz umsonst Autos verteilt werden?" - Antwort: „Im Prinzip ja, aber erstens geht es nicht um Moskau, sondern um Leningrad, zweitens handelt es sich nicht um den Roten Platz, sondern um den Platz der Revolution, drittens ist nicht von Autos die Rede, sondern von Fahrrädern, und viertens werden sie nicht umsonst verteilt, sondern geklaut."

Anfrage an den Sender Jerewan: „Stimmt es, daß die Amerikaner die schnellsten Autos der Welt haben?" - Antwort: „Ja, das stimmt. Aber die schnellsten Uhren auf der Welt hat die Sowjetunion."

Anfrage an den Sender Jerewan: „Kann man mit einem ‚Saporoshez' mit 120 Stundenkilometer um eine scharfe Kurve fahren?" - Antwort: „Ja, das geht. Aber nur einmal..."

Anfrage an den Sender Jerewan nach dem Antialkoholgesetz: „Wie sollte man denn nun Gorbatschows Funktion bezeichnen?" - Antwort: „Mineralsekretär." - „Und Ligatschow?" - „Saftsack."

Anfrage an den Sender Jerewan: „Welche Stadt in der UdSSR ist die bedeutendste?" - Antwort: „Ohne Frage Jerewan." - Einige Tage später die erneute Anfrage: „Und wieviel Atombomben benötigt man, um Jerewan auszulöschen?" - Antwort: „Nach nochmaliger Prüfung ist Moskau doch die bedeutendste Stadt in der UdSSR."

Anfrage an den Sender Jerewan: „Bitte sagen Sie uns, welcher Komponist ist der bedeutendere: Schubert oder Schumann?" - Antwort: „Beide sind gleichbedeutend, aber der bedeutendste ist Schostakowitsch."

Anfrage an den Sender Jerewan: „Stimmt es, daß der Dichter Majakowski Selbstmord begangen hat? Und wenn ja, was waren seine letzten Worte?" - Antwort: „Es stimmt wirklich, Majakowski hat Selbstmord begangen. Und seine letzten Worte sollen gewesen sein: ‚Nicht schießen, Genossen!'"

Anfrage an den Sender Jerewan: „Kann man von Hoffmanns-Tropfen Kinder bekommen?" - Antwort: „Ja, wenn der Kerl Hoffmann heißt."

Anfrage an den Sender Jerewan: „Welcher Unterschied besteht zwischen Bundeskanzler Kohl und dem braven Soldaten Schwejk?" - Antwort: „Der Schwejk war ein schlauer Bauer und tat so, als sei er ein Idiot. Und Bundeskanzler Kohl hat nie in der österreichischen K. u. K.-Armee gedient."

Anfrage an den Sender Jerewan: „Was bedeutet sozialistischer Internationalismus?" - Antwort: „Das ist ein Gemisch aus russischer Sparsamkeit, polnischer Arbeitsliebe und mongolischer Gelehrsamkeit."

IM ABENDHIMMEL ÜBER
DEM ROTEN PLATZ ER-
SCHIEN AM 9.10.1985
DAS PORTRAIT DES GE-
NOSSEN JELZIN UND DIE
MOSKOWITER WUSSTEN
PARTOUT NICHT, WIE SIE
DIES ZU DEUTEN HÄTTEN.

Tschuktschenwitze

Die Tschuktschen in Rußland könnte man als die russischen Ostfriesen ansehen. Die Witze entstanden in den achtziger Jahren und erreichten eine ähnliche Popularität wie die kleinen Geschichten über die deutschen Nordseeinselbewohner. Es geht dabei um ein lustiges Lebensbild, um anekdotische Gestalten, in keinem Falle jedoch um die Beleidigung oder um das Lächerlichmachen einer Volksgruppe. Dem Erzähler solcher Witze ebenso wie dem Sammler und dem Übersetzer lagen und liegen jedwede nationalistische Gefühle fern.

Tschuktsche ist keine Nationalität! Tschuktsche ist eine Diagnose!

Konstantin Tschernenko zum Gedenken! Tschuktsche wollte eines Tages Generalsekretär werden. Er wurde es.

Tschuktsche kommt von Moskau nach Hause und sagt: „Tschuktsche war in Moskau. Nun ist Tschuktsche klug geworden. Er hat gelernt, daß Karl, Marx, Friedrich und Engels nicht vier Personen sind, es sind nur zwei. Deshalb werden wir die Skulpturengruppe ‚Karl, Marx, Friedrich und Engels' auf Tschukotka in ‚Karl Marx, Friedrich Engels und Genossen' umtaufen, und die nach ihnen benannte Renntierherde verringern wir um die Hälfte."

Tschuktsche kommt von der Armee zurück, und seine Frau hat einen kleinen Jungen. „Wo kommt der Junge her, ich war gar nicht da?" - „Aber du hast mir doch eine Fotografie von der Armee geschickt, erinnerst du dich nicht?" - „Das heißt ja, aber die reichte doch nur bis zum Gürtel..."

Zwei Tschuktschen sitzen am Ufer des Eismeeres. Sagt der eine zum anderen: „Soll ich dir einen politischen Witz erzählen?" -

„Eh nu, lieber nicht, sonst verbannen die uns in irgendeine Wildnis, fern von der Zivilisation."

Zu den Tschuktschen kommt ein Vertreter Chinas: „Wir wollen gegen euch Krieg führen. Wieviel seid ihr?" - „So um die fünfhundert, und ihr?" - „Eine Milliarde." - „Eh nu, das heißt, wo sollen wir die alle begraben?"

Zwei Tschuktschen unterhalten sich: „Eh nu, der alte Zar Nikolaus war ein Vollidiot..." - „Weshalb?" - „Weil hat den Amerikanern Alaska verkauft und Tschuktschenhalbinsel nicht."

Tschuktsche spricht auf dem Parteitag: „Genossen! Vor der Großen Sozialistischen Oktoberrevolution beherrschten uns, die Tschuktschen, zwei Gefühle: das Gefühl des Hungers und das Gefühl der Kälte. Heute beherrschen uns drei Gefühle: das Gefühl des Hungers, das Gefühl der Kälte und das Gefühl tiefster Zufriedenheit!"

Zwei Tschuktschen schauen zum Himmel. „Eh nu, ein Flugzeug!" - „Bestimmt die Regierung!" - „Eh nu, eher unwahrscheinlich. Wenn's die Regierung wäre, würden weiße Männer auf Motorrädern drum herum sein."

Die Vertreter verschiedener Völker streiten darüber, welcher Nationalität Lenin war. Der Russe erklärt: „Er war Russe." - „Wieso?" - „Er ist in Rußland geboren, hat die russische Revolution gemacht und ist in Rußland beerdigt." Sagt ein Finne: „Er war Finne." - „Wieso?" - „Er hat sich vor dem Zaren in Finnland versteckt, die russische Revolution vorbereitet und sein wichtigstes Lebenswerk in Finnland getan." Meldet sich ein Deutscher und sagt: „Er war Deutscher." - „Wie das?" - „Er ist in Simbirsk geboren, nicht weit vom Gebiet der Wolgadeutschen, hat in Berlin gearbeitet und fühlte sich schon immer zu Deutschland hingezogen." Sagt der Tschuktsche: „Lenin war Tschuktsche!" - „Und weshalb?" - „Er war sehr klug."

Tschuktsche kommt zur Staatlichen Plankommission. „Eh nu, 3000 Ziegelsteine brauche ich." - „Wozu?" - „Ökonomisches Experiment." - Er bekommt sie. Ein Jahr darauf ist Tschuktsche wieder da. - „Eh nu, 3000 Ziegelsteine brauche ich." - „Wozu?" - „Ökonomisches Experiment." - Er bekommt sie. Ein weiteres Jahr später kommt Tschuktsche wieder. „Eh nu, Tschuktsche benötigt 3000 Ziegel." - „Wozu?" - „Ökonomisches Experiment." - Er bekommt sie. Aber nun wollen die Planer doch wissen, was er mit den Ziegeln anstellt. Sie fahren auf die Tschuktschenhalbinsel und sehen, Tschuktsche sitzt am Ufer des Eismeeres und wirft die Ziegelsteine ins Wasser. - „Was treibst du da?“ - „Eh nu, ich versuche herauszubekommen, warum die Ziegelsteine quadratisch sind und die Wellen, die sie im Wasser machen, rund.“

Eines Tages sagt der Russe zum Tschuktschen: „Laß uns ein Spiel machen. Ich gebe dir ein Rätsel auf, und wenn du es errätst, erhälst du von mir einen Rubel. Errätst du's nicht, bekomme ich von dir einen Rubel.“ - „Gut, fang an!“ Das Raten beginnt. „Es ist von innen rot und von außen schwarz und glänzend.“ - „Ein Seehund.“ - „Nein.“ - „Eine Rentierkuh.“ - „Nein.“ - „Dann weiß ich's nicht.“ - „Eine Galosche (Überschuh).“ Tschuktsche legt einen Rubel hin. „Es sind zwei, von innen rot, von außen schwarz und glänzend.“ - „Seehunde?“ - „Nein.“ - „Renntierkühe?“ - „Nein.“ - „Dann weiß ich's nicht.“ - Zwei Galoschen.“ Erneut ein Rubel... Es wird Nacht, der Russe und der Tschuktsche spielen immer noch Rätselraten. „Es sind 1891 Stück, sie sind innen rot und außen schwarz und glänzend.“ - „Seekühe?“ - „Nein.“ - „Rentierkühe?“ -

„Nein." - „Dann weiß ich's nicht." - „1891 Galoschen." Erneut ein Rubel.

Eines Tages nimmt Tschuktsche einen Russen mit zur Jagd. Sie gehen so vor sich hin, und plötzlich stoßen sie auf das Winterlager eines Bären. Tschuktsche nimmt einen Stein, wirft ihn in das Lager, und eins, zwei, drei taucht ein aufgescheuchter Bär auf und greift die Jäger an. Tschuktsche ergreift die Flucht, der Russe ihm nach und hinter beiden der Bär. Sie rennen und rennen. Da fällt dem Russen plötzlich ein, daß er sein Gewehr über der Schulter hat. Noch im Laufen reißt er den Karabiner herunter, dreht sich um und erschießt den Bären. Der ist auf der Stelle tot. Tschuktsche geht auf den Russen zu und sagt: „Russischer Jäger - schlechter Jäger! Weshalb hast du den Bären erschossen? Wir hätten erst einmal bis zum Haus laufen sollen. Wer soll jetzt das tote Tier dorthin schleppen?"

Tschuktsche bringt einen selbst geschriebenen Roman in den Verlag. Nachdem ihn der Lektor gelesen hat, sagt er: „Verstehen, er ist etwas schwach... Sie sollten sich mit der Klassik vertraut machen. Haben Sie Turgenjew gelesen? Tolstoi oder Dostojewski?" - „Das heißt, nein! Tschuktsche ist letztlich

SO CA. AB 1989 HATTE DIE MODERNE ZIVILISATION AUCH DAS VOLK DER TSCHUKTSCHEN VOLL ERREICHT!
Fürst Bismarck

kein Buchleser, Tschuktsche ist Schriftsteller."

Tschuktsche sitzt vorm Haus und spricht mit sich selbst: „Oi, Tschuktsche ist heute geschafft!" Fragt man ihn: „Wieso bist du geschafft?" - „Eh nu, Tschuktsche hat heute nachgedacht." - „Und warum bist du dann geschafft?" - „Eh nu, Tschuktsche hat dreimal nachgedacht."

Eines Tages heiratet Tschuktsche eine Französin. Kurze Zeit später fragt man ihn: „Na, wie ist es?" - „Na wie schon, wir haben uns schon lange scheiden lassen." - „Und weshalb?" - „Sie war dreckig, das hat sich ganz schnell gezeigt, eine richtige Dreckschlampe! Jeden Tag mußte sie sich waschen!"

Eines Tages fragt man den Tschuktschen: „Waschen Sie sich öfter?" - „Eh nu, einmal im halben Jahr bestimmt." - „So selten? Fühlen Sie sich nicht schmutzig?" - „Eh nu, die ersten beiden Monate ist mir so, doch dann blättert der Schmutz von selbst ab."

Tschuktsche sitzt auf einem Baum und sägt an dem Ast, auf dem er sitzt. Da kommt ein Mensch des Weges und sagt: „Tschuktsche, Sie werden runterfallen!" - „Eh nu, wieso denn, kann nicht passieren!" - Tschuktsche sägt und sägt und fällt. Er steht auf, schaut dem Menschen nach und sagt: „Hellseher, eh nu!"

Während einer Landwirtschaftskonferenz erklärt ein Franzose: „Wir bringen die Kartoffeln am 15. Mai in den Boden und ernten am 16. September." - Dann meldet sich ein Engländer: „Bei uns ist die Aussaat am 15. April, und am 16. August können wir schon ernten." - Da steht Tschuktsche auf und vermeldet: „Wir säen die Kartoffeln am 15. Juni und ernten am 16. Juni." - Verwunderung, und dann die Frage: „Einen Tag später? Wieso denn so früh?" - „Weil wir Hunger haben."

Man beschloß einmal zu prüfen, wer am längsten hungern kann. Man setzte einen Russen, einen Kasachen und einen Tschuktschen in drei verschiedene Zimmer, stellte in jedes ein Telefon und sagte: „Wenn ihr essen wollt, ruft einfach an!" Nach drei Tagen rief der Russe an. Nach einer Woche meldet sich der Kasache. Aber vom Tschuktschen kein Anruf. Die zweite Woche ist schon um. Da entschließt man sich nachzusehen. Man öffnet die Tür, da sitzt der Tschuktsche vor dem Telefon und sagt:

„Telefonchen, Telefonchen, Tschuktsche hat Hunger."

Auf dem Eismeer ein Schiff - ein U-Boot kommt ihm entgegen. Aus dem Turm schaut ein Franzose heraus und fragt den Kapitän des Ozeanliners: „Welchen Kurs muß ich in Richtung Grenada nehmen?" - „Süd-Süd-West 38." Sie tauchen ab und fahren weiter. Kurz darauf taucht ein englisches U-Boot auf und fragt an: „Nach Grenada, welchen Kurs brauchen wir?" - „Süd-Süd-West 38." Sie setzen ihre Fahrt fort. Doch kurz darauf erscheint ein drittes U-Boot. Aus dem Turm schaut Tschuktsche: „Wie ist der Kurs nach Grenada?" - „Süd-Süd-West 38." - Eh nu, stottere nicht irgendwas, zeig mir lieber mit der Hand die Richtung."

Tschuktsche sitzt im Kajak und angelt. Plötzlich taucht neben ihm ein unbekanntes U-Boot auf. Tschuktsche denkt: „Eh nu, Spion, ha?" Er klopft an die Bordwand, aus der Luke erscheint der Kopf eines Menschen. Tschuktsche: „Eh nu, du ju spiek inglisch?" - „Yes, of course!" Tschuktsche enttäuscht und traurig: „Verkohlen kann ich mich auch allein."

Eines Tages begann Tschuktsche ein Schiff neu anzustreichen. Als er fertig ist, kommt eine Kommission, um die Arbeit abzunehmen. Sie schauen sich das Geleistete an und stellen fragend fest: „Tschuktsche, weshalb hast du nur eine Seite gestrichen?“ - „Eh nu, Tschuktsche ist doch nicht dumm! Tschuktsche hat Vertrag gelesen, wo geschrieben stand: Tschuktsche von der einen Seite und Reederei von der anderen Seite.“

Eines Tages kauft sich Tschuktsche einen Kühlschrank. Man fragt ihn: „Tschuktsche, wozu brauchst du einen Kühlschrank? Du weißt ja nicht einmal, wo du ihn anschließen sollst.“ - „Tschuktsche ist doch kein Dummerchen, hat gleichzeitig auch Steckdose gekauft.“

Tschuktsche kauft einen Kühlschrank. Man fragt ihn: „Tschuktsche, wozu brauchst du einen Kühlschrank?“ - „Eh nu, der wärmt im Winter: Draußen sind es minus 40 Grad und im Kühlschrank nur minus 4 Grad.“

Eines Tages schickte man zwei Hunde und einen Tschuktschen in den Weltraum. Nach der ersten Erdumkreisung ruft es von der Erde: „Belka!“ - „Wau!“ - „Drücke auf den roten Knopf!“ - „Wau, wau!“ Es folgt die zweite Umkreisung und der Ruf von der Erde: „Strelka!" - „Wau!" - „Drücke auf den weißen Knopf!" - „Wau, wau!" Dann die dritte Umkreisung und die Bodenstation meldet sich: „Tschuktsche!" - „Wau!" - „Was bellst du da...? Füttere die Hunde und faß ja sonst nichts an!"

Zwei Tschuktschen sitzen am Waldrand und feilen an einer Bombe. Kommt ein Mann vorbei und sagt: „Laßt das sein, die Bombe kann doch in die Luft gehen." - „Eh nu, macht nichts, wir haben noch eine."

Tschuktsche kommt nach Moskau. Er nimmt sich ein Taxi und fährt durch die Stadt. Plötzlich steht eine alte Frau mitten auf der Straße. Der Taxifahrer weicht nach links aus, die alte Frau auch. Der Taxifahrer fährt nach rechts, die Frau wendet sich ebenfalls dorthin. Geradeso schafft er es vorbeizukommen. Sie fahren weiter. Plötzlich meldet sich Tschuktsche: „Russischer Jäger - schlechter Jäger. Wenn Tschuktsche Türchen nicht geöffnet hätte, wäre alte Frau entfleucht!"

Eines schönen Tages macht sich Tschuktsche auf den Weg nach Moskau. „Bringe was mit, was Mangelware ist", sagt man ihm. „Und wie stelle ich fest, wo es so etwas gibt?" - „Wenn du irgendwo eine Schlange stehen siehst, weißt du, hier gibt es Mangelware." Nun ist Tschuktsche in Moskau. Er chartert sich ein Taxi und sagt zum Fahrer: „Fahr dorthin, wo es Mangelware gibt!" - „Ins GUM? Ins ZUM? In die Peterspassagen?" - „Eh nu, wo die Schlange am längsten ist." Der Taxifahrer chauffiert den Tschuktschen zum GUM, und Tschuktsche steigt auf dem Roten Platz aus. Er sieht die Schlange vor dem Mausoleum und sagt zum Fahrer: „Eh nu, hier stelle ich mich an, und du holst mich heute abend wieder ab." Am Abend taucht der Fahrer wieder auf und fragt: „Na, wie war's?" - „Eh nu, Pech gehabt. Bevor ich an den Ladentisch kam, war der Verkäufer tot."

Ein Moskauer Taxifahrer gibt dem Tschuktschen ein Rätsel auf: „Wer ist der Sohn meiner Mutter, aber nicht mein Bruder?" - „Eh nu, weiß nicht." - „Na, ich selbst!" Tschuktsche kommt nach Hause und erzählt das Rätsel. „Wer ist der Sohn meiner Mutter, aber nicht mein Bruder?" - „Wissen wir nicht." - „Der Moskauer Taxifahrer, eh nu!"

Tschuktsche hat gehört, daß die Taxifahrer in Moskau kleine Spitzbuben seien. Er leistet sich ein Taxi in der Hauptstadt. Am Ziel sagt der Taxifahrer zu ihm: „3 - 25 bekomme ich." Tschuktsche überlegt: „Tschuktsche ist nicht dumm. Tschuktschen wirst du nicht über's Ohr hauen." Dann zählt er genau ab: „einmal fünfundzwanzig, zweimal fünfundzwanzig und dreimal fünfundzwanzig".

Tschuktsche sitzt vorn im Taxi neben dem Fahrer. Auf der hinteren Sitzbank hat sich ein Georgier eingefunden. Der Fahrer fragt den Tschuktschen: „Wohin möchten Sie?" Aber Tschuktsche kann auf russisch lediglich fragen: „Wie geht's?!" - „Wohin, Junge, wohin?" - „Wie geht's?!" - „Verstehe nicht." - „Wie geht's?!" Da wendet sich der Taxifahrer an den Georgier: „Was sagt er?" - „Deshalb weil!"

Eines Tages betritt Tschuktsche ein Geschäft und fragt: „Eh nu, was kostet die Harmonika?" - „Wir verkaufen keine Harmonikas an Tschuktschen." Tschuktsche verläßt den Laden und verkleidet sich als Ukrainer: „Was soll diese Harmonika kosten?" - „Wir verkaufen keine Harmonikas an Tschuktschen." Er verschwindet und erscheint erneut als Georgier: „Für wieviel Rubel bekomme ich diese Harmonika?" - „Wir verkaufen keine Harmonikas an Tschuktschen." Jetzt wird er stutzig: „Jedesmal haben Sie erkannt, daß ich Tschuktsche bin, woran?“ - „Weil nur ein Tschuktsche auf die Idee kommen kann, einen Heizkörper mit einer Ziehharmonika zu verwechseln.“

Tschuktsche geht in ein Geschäft: „Eh nu, Fernsehen in Farbe gibt's?“ - „Natürlich.“ - „Dann nehme ich Fernsehen in Grün.“

Eines Tages fährt Tschuktsche in Moskau mit der Metro. Er steht in Fahrtrichtung und hält sich an dem Haltegriff fest. „Geht's in dieser Richtung zum Revolutionsplatz?“ - „Nein.“ - „Danke“, sagt Tschuktsche und dreht sich herum.

Zwei Tschuktschen wenden sich an den Bahnhofsvorsteher. Der erste: „Bringt mich dieser Zug nach Leningrad?“ - „Nein.“ Der zweite: „Und mich?“

Tschuktsche fährt mit dem Zug. Als er ankommt, ist er voller blauer Flecken und Schrammen. „Tschuktsche, was ist denn passiert?“ - „Eh nu, ich bin im oberen Bett gefahren und runtergefallen.“ - „Warum haben Sie denn das Bett nicht mit dem getauscht, der im unteren Bett gefahren ist?“ -

„Eh nu, das ging nicht, im unteren Bett war keiner."

Eines Tages geht Tschuktsche an die Kasse der Fernzüge. „Sagen Sie, fährt der Zug 975 nach Berkakit?" - „Nein." - „Und der Zug 911, fährt der nach Berkakit?" - „Nein." - „Und wo fährt er hin?" - „Nach...!" - „Ist das über Berkakit?"

Tschuktsche fragt bei Aeroflot eine Stewardeß: „Wie lange fliegt das Flugzeug nach Tschukotka?" - „Eine Sekunde, bitte..." - „Danke."

Tschuktsche ruft im Politbüro an: „Hallo, ich will Politbüromitglied werden. Was ist dazu erforderlich?" Man antwortet ihm: „Sind Sie 'n Idiot, oder...?" - „Ist das Bedingung?" fragt Tschuktsche.

Eines Tages kommt Tschuktsche aus Moskau zurück und erzählt: „Eh nu, die Losung ‚Alles im Namen des Menschen, alles für das Wohl des Menschen' habe ich gesehen. Nun wollte ich auch noch den Menschen kennenlernen, der damit gemeint ist, aber den habe ich nicht gefunden."

Tschuktsche spaziert eines schönen Tages über den Roten Platz. Er bleibt stehen und schaut sich verliebt die Uhr im Spasski-Turm an. Da kommt ein Mann auf ihn zu und fragt: „Gefällt dir wohl?“ - „Gefällt mir.“ - „Möchtest du sie gern haben?“ - „Schon.“ - „Gib mir tausend Rubel und warte hier. Ich hole nur eine Leiter.“ Nimmt das Geld und weg ist er. Ein paar Stunden später dämmert es bei Tschuktsche, man hat ihn geleimt. Er kommt nach Hause und erzählt alles. Nun fährt sein Bruder nach Moskau, geht über den Roten Platz und betrachtet die Uhr. Da kommt wieder ein Mann auf ihn zu. „Gefällt sie dir?“ - „Gefällt mir.“ - „Möchtest du sie gern haben?“ - „Möchte ich schon.“ - „Gib mir tausend Rubel und warte hier, ich muß nur eine Leiter holen.“ - „Kein Stück, Tschuktsche ist doch nicht blöd! Du wartest hier, ich hole die Leiter selbst.“

Tschuktsche erklärt seiner Frau: „Perestroika, das ist wie, wenn bei uns in der Taiga ein Orkan aufkommt: oben Lärm, unten Dunkelheit und Tannenzapfen fallen, daß man sich Beulen holen kann.“

Auf Bitten seiner Stammesgenossen fährt Tschuktsche nach Moskau, um zu erfahren, wann der Kommunismus beginnt. Er wird von Gorbatschow empfangen und fragt: „Wann beginnt der Kommunismus?“ - „Schau mal, siehst du, dort steht mein ‚Wolga‘, Ligatschows ‚Wolga‘, Lukjanows ‚Wolga‘. Wenn daneben nun auch noch dein ‚Wolga‘ steht, dann kannst du sagen: Wir haben den Kommunismus.“ Tschuktsche kommt in die Siedlung zurück und erklärt: „Ich hab’s erfahren. Seht ihr, hier stehen meine Filzstiefel, deine Filzstiefel und deine Filzstiefel und weitere. Wenn nun irgendwann daneben einmal die Filzstiefel von Gorbatschow stehen, dann haben wir Kommunismus.“

Eines Tages wird das sechste Kind des Tschuktschen geboren. Nun füllt Tschuktsche das Meldeformular aus: Nationalität des Vaters - Tschuktsche, Nationalität der Mutter - Tschuktsche, Nationalität des Kindes - Chinese. Man fragt ihn: „Was heißt hier Chinese. Wie kommst du auf so was, wo doch die Eltern beide Tschuktschen sind.“ - „Eh nu, Tschuktsche hat in der Zeitung gelesen, daß jeder sechste auf der Erde ein Chinese ist.“

Die Tschuktschen haben sich ans ZK der KPdSU gewandt, man möge sie nicht mehr Tschuktschen nennen: Es sei beleidigend.

Das ZK der KPdSU faßt einen entsprechenden Beschluß, und von nun an nennt man die Tschuktschen ganz einfach „Volk des hohen Nordens".
Bei der Demonstration zum 1. Mai in Moskau berichtet der Reporter: „Und nun die Delegation des Volkes des hohen Nordens... Sie führen Transparente mit sich - ‚Frieden!', ‚Arbeit!', ‚Mai! ', ‚Juni!', ‚Juli!', ‚August! ' - Also nein! Man kann machen, was man will, das sind Tschuktschen!"

Tschuktsche steht in Moskau auf dem Puschkinplatz und betrachtet das Denkmal des großen Dichters. „Eh nu, wer ist das?" - „Puschkin." - „Das ist der, der ‚Krieg und Frieden' geschrieben hat?" - „Nein, das war Tolstoi." - „Eh nu, seltsam, ‚Krieg und Frieden' stammt von Tolstoi, und diesem Puschkin setzt man ein Denkmal."

Ein Tschuktsche kommt zum Parteisekretär und fragt: „Sekretär, wie wird der Winter - warm oder kalt?" Der Sekretär überlegt: „Wird der Winter warm, brauchen sie kein Holz zu schlagen, aber wenn er plötzlich kalt wird, dann haben sie keines." Dann entschließt er sich zu dem Rat: „Schlagt für alle Fälle viel Brennholz." Doch wenig später wird er unsicher und wendet sich an die

EH NU, WIR SIND DIE BEHERRSCHER DES WELTALLS!

Akademie in Moskau. Die Wissenschaftler brauchen drei Wochen, dann liegt die Antwort vor. „Der Winter wird sehr kalt. Begründung. Nachforschungen haben ergeben, daß die Tschuktschen schon Brennholz sammeln und einschlagen."

Tschuktsche hat im Lotto einen Wolga gewonnen. Er kommt, um ihn abzuholen, und sagt: „Gebt mir einen roten Wolga." Man fragt zurück: „Möchten Sie einen schwarzen? Oder vielleicht einen blauen? Oder einen gelben oder grünen? Rote haben wir leider nicht." - „Ach so", sagt der Tschuktsche, „dann will ich meine fünfzig Kopeken wiederhaben."

Tschuktsche macht mit seinem Auto eine Ferntour. Die ganze Siedlung verabschiedet ihn. Einige Zeit später kommt ein Telegramm. „Bin gut angekommen, komme dann und dann zurück." Die ganze Siedlung läuft zusammen, um ihn wieder zu begrüßen. Sie warten - Tschuktsche kommt nicht. Sie warten einen Tag, sie warten zwei Tage... Nach einem Monat trifft er ein. Er wird gefragt, woher denn diese Verzögerung komme. „Eh nu, dorthin hatte ich drei Gänge zur Wahl, und zurück nur einen. Außerdem tut dir der Hals weh, wenn du ständig den Kopf nach hinten drehen mußt, um auf den Weg zu achten."

Ein Geologe hat sich in der Taiga verirrt. Er ruft: „Menschen! Wo seid ihr? Hilfe!“ Da kommt ein Tschuktsche hinter einem Baum hervor und sagt: „Ah so, wenn wir hier sind, sind wir ‚Menschen‘, aber in Moskau gelten wir als ‚Bratpfannen mit Ohren‘!“

Zwei Tschuktschen sitzen im Zelt. Einer liest Zeitung. Kurze Zeit später erklärt er mit kluger, überlegener Miene: „Irgend etwas beunruhigt mich an Honduras.“ - „Hab ich dir nicht gesagt“, entgegnet der andere, „du sollst ihn in Ruhe lassen.“

Eines Tages lernt Tschuktsche, mit dem Fallschirm zu springen. Man erklärt ihm alles, was er zu tun hat, und dann warf man ihn aus dem Flugzeug. Tschuktsche fliegt und kann sich beim besten Willen nicht mehr erinnern, woran er ziehen sollte. Da kommt ihm ein anderer Tschuktsche entgegengeflogen. „He Bruder“, ruft er, „wie geht man mit dem Ding um?“ - „Eh nu, ich bin kein Fallschirmjäger, ich bin bei den Pionieren.“

Tschuktsche steht Posten. Jemand geht vorbei. Tschuktsche ruft: „Parole!“ - „Leck mich…!“ Denkt Tschuktsche: „Stehe ich hier nun schon so manches Jahr, aber die Parole hat noch keiner geändert!“

Eines Tages schickt man den Tschuktschen auf Erkundung und sagt ihm: „Wenn eine Patrouille kommt und dich hört, dann verstell dich, als wärst du irgendein Tier - zum Beispiel ein Kater.“ Tschuktsche kriecht los. Erkundet alles und kriecht zurück. Da plötzlich hört ihn ein Wachposten.
„Stehenbleiben! Wer da?“ - „Eh nu, wir sind Kater und kriechen nach Hause.“

Tschuktsche prüft die Zündhölzer in der Schachtel. Er nimmt eines aus der Schachtel heraus und streicht es an der Reibfläche. Brennt es nicht beim ersten Mal, wirft er es weg. Ist es gut und entflammt gleich beim ersten Mal, bläst er es aus und legt es wieder in die Schachtel.

Zwei Tschuktschen gehen durch den Wald. Einer schleppt eine Telefonzelle hinter sich her, der andere trägt einen Balken. „Wozu brauchst du eine Telefonzelle?“ - „Eh nu, wenn die Wölfe kommen, kann ich mich darin verstecken.“ - „Und wozu soll der Balken gut sein?“ - „Eh nu, wenn die Wölfe angreifen, werfe ich den Balken weg und kann dann viel schneller rennen.“

Eines Tages sieht ein Tschuktsche, wie ein anderer eine Grube gräbt und sich hineinsetzt. „Warum bist du in diese Grube gekrochen?“ - „Eh nu, muß ein Foto von mir machen lassen, Brustbild!“ Er geht weiter und kommt nach einiger Zeit am gleichen Ort wieder vorbei. Da sieht er, wie der Tschuktsche eine zweite Grube ausschaufelt. „Warum gräbst du noch eine zweite Grube?“ - „Brauche zwei Fotos.“

Tschuktsche fragt seine Frau: „Weißt du, warum die alle sagen, daß wir leicht (er klopft auf Holz) behämmert seien?“ Die Frau: „Es hat geklopft.“ Tschuktsche: „Bleib sitzen. Ich gehe selbst zur Tür.“

Eines Tages kauft Tschuktsche einen Schrank mit einem Spiegel im Innern. Zu Hause öffnet er den Schrank, schaut hinein und ruft seine Frau: „Frau, sieh, mein Bruder ist zu Gast gekommen.“ Die Frau kommt zum Schrank und schaut: „Und irgendein Weib hat er auch noch mitgebracht...“

Einmal schicken Freunde dem Tschuktschen ein Neujahrspäckchen mit Mandarinen und rotem Kaviar. In seinem Antwortbrief schreibt Tschuktsche: „Das Päckchen haben wir erhalten. Für die Mandarinen - vielen Dank. Die Preiselbeeren haben wir leider wegwerfen müssen, sie stanken nach Fisch..."

Das Nationaltheater der Tschuktschen spielt „Cäsar und Brutus" in drei Akten. Erster Akt. Die Bühne betritt ein großer Tschuktsche. Er schlägt sich mit der Faust vor die Brust und spricht: „Ich bin Cäsar!" Vorhang. Zweiter Akt. Der große Tschuktsche und ein etwas kleinerer Tschuktsche betreten die Bühne. Der große: „Ich bin Cäsar!" Der kleinere: „Ich bin Brutus!" Vorhang. Dritter Akt. Auf der Bühne erscheinen der große Tschuktsche, der kleinere Tschuktsche und ein richtig kleiner Tschuktsche. Der große: „Ich bin Cäsar!" Der kleinere: „Ich bin Brutus!" Der ganz kleine: „Ich bin Brutus!" Der große: „Du auch - Brutus?" Vorhang.

Eines Tages schickt man einen Tschuktschen und einen Affen auf eine unbewohnte Insel. Als sie zurückkommen, hat der Tschuktsche riesengroße Ohren und der Affe eine Beule am Kopf. Das Experiment wird wiederholt, mit dem gleichen Ergebnis. Man beschließt, die Sache nochmals durchzuführen und zu beobachten. Da zeigt sich folgendes Bild: Der Tschuktsche zieht sein Ohr lang und fragt: „Was rauscht denn da?" Da klopft sich der Affe an die Stirn und schreit: „Was-ser-fall!“

Tschuktsche hat eine neue Wohnung erhalten und führt sie den Gästen vor. Das erste Zimmer: „Hier ist meine Tundra.“ Das zweite Zimmer: „Hier ist meine Tundra.“ Die Toilette: „Hier ist mein Tschum (Nomadenzelt aus Rinder- und Renntierfellen).“ Da fragt ihn ein Gast: „Und wohin gehst du zur Toilette?“ - „In die Tundra.“

In Kongo findet ein Kongreß der Krokodiljäger statt. Vorher hatte man auf einer Jagd praktische Erfahrungen sammeln und seine Fertigkeiten unter Beweis stellen können. Nun wurde berichtet. Ein Engländer erklärte: „Ich habe hundert Krokodile erlegt.“ - „Bei mir waren es zweihundert“, vermeldet ein Franzose. Meldet sich Tschuktsche. „Ich habe fünfzig Nosires erlegt!“ Alle sind verwundert und wollen sich einmal anschauen, auf was der Tschuktsche jagt. Sie sehen: Tschuktsche versteckt sich im Gebüsch, die Flinte im Anschlag, hinter den Büschen springt ein aufgeschreckter Neger hervor. Tschuktsche ruft: „Krokodil.“ - „No, Sir!“ - Paff.